Giovanni Alessandro Majocchi

Sulle strade a rotaje di ferro

Antigonos

Giovanni Alessandro Majocchi

Sulle strade a rotaje di ferro

Ristampa immutata dell'edizione originale del 1839.

1ª edizione 2024 | ISBN: 978-3-38605-338-9

Antigonos Verlag è un marchio della Outlook Verlagsgesellschaft mbH.

Verlag (Editore): Outlook Verlag GmbH, Zeilweg 44, 60439 Frankfurt, Deutschland
Vertretungsberechtigt (Rappresentante autorizzato): E. Roepke, Zeilweg 44, 60439 Frankfurt, Deutschland
Druck (Tipografia): Libri Plureos GmbH, Friedensallee 273, 22763 Hamburg, Deutschland

SULLE STRADE
A ROTAJE DI FERRO

DISCORSO

detto il giorno 22 luglio 1837

NEL TEATRO DI FISICA DELL'I. R. LICEO
DI S. ALESSANDRO IN MILANO

DAL DOTTORE

GIO. ALESSANDRO MAJOCCHI

I. R. PROFESSORE DI FISICA E DI MECCANICA
IN QUELLO STABILIMENTO

MILANO

PER GIOVANNI SILVESTRI

1839

IL TIPOGRAFO

Le strade a rotaje di ferro sono divenute d'un generale interesse, il quale tanto più si accrebbe dachè fra noi si va costruendone la prima, che deve guidare da Milano a Monza, e che presto s'incomincerà anche l'altra più grandiosa diretta ad unire le due capitali del regno.

Tutto ciò che serve a far conoscere il modo di costruzione e l'uso di quei potenti mezzi di comunicazione, non può che riuscire gradito al Pubblico. Il Discorso che nel 1837 il sig. professore *Giovanni Alessandro Majocchi* leggeva ai suoi discepoli al terminare le lezioni dell'anno scolastico, è più adatto d'ogni altra opera di simil genere a far conoscere all'universalità dei lettori le nuove vie, senza bisogno d'avere delle cognizioni preliminari di fisica e di meccanica. Fa parte quel Discorso d'una raccolta di diverse produzioni letterarie e scientifiche che alcuni professori dell'I. R. Liceo di S. Alessandro di Milano in un al sig. consigliere Ferdinando de Herra, direttore di questo antico stabilimento d'istruzione, pubblicarono nell' aprile scorso per celebrare le faustissime nozze del giureconsulto sig. Pietro Tenca colla signora Ernestina de' conti Rusca, figlia del consigliere referente per gli studi presso l'I. R. Governo. Poche copie pertanto ne vennero distribuite privatamente in tale occasione, assieme agli altri scritti che formavano quella raccolta; ed io mi sono dato premura di fare di pubblica ragione il Discorso sulle strade a rotaje ferrate; ristampandolo a parte, affinchè ciascuno possa in tal modo prendere cognizione d'una delle più grandi moderne invenzioni dirette ad accrescere la ricchezza materiale delle popolazioni e degli Stati.

SULLE STRADE
A ROTAJE DI FERRO

Non v'ha dubbio che lo spirito pubblico vada fra noi sempre più migliorandosi, che più generalmente viene sentita l'importanza d'applicare le verità scoperte dalle scienze alle arti ed all'industria, onde perfezionare quei mezzi che accrescono i comodi e l'agiatezza della società, e procacciano nuove sorgenti di ricchezza agli Stati. Ognuno si avvede che sono scomparsi per sempre quei tempi barbari, nei quali l'egoismo di pochi sacrificava l'interesse e la prosperità delle intere popolazioni. Noi viviamo in un secolo di lumi, di progresso, di perfezionamento per l'umana schiatta; in un secolo tutto intento ad accrescere la ricchezza materiale, a diffondere l'istruzione e le utili cognizioni a beneficio dell'umanità. Ed ogni illuminato Governo riconosce la necessità di mettere in azione, pel vantaggio de' popoli, tutti que' mezzi che tendono a sviluppare lo spirito industrioso e a procurare il miglioramento dello stato sociale.

In questo secolo tanto fecondo d'avvenimenti, alcuni uomini benemeriti cercano coll' opera e coll' ingegno di far prendere un corso più determinato e più celere alle nostre arti ed alla nostra industria, ed a far progredire la patria nella carriera importantissima dell' incivilimento. Nella vostra qualità di studenti appartenete all' eletta schiera di quegli uomini che devono dirigere la nuova generazione. Spetta quindi a voi, sovra ogni altro, a seguire, a rinvigorire quel primo impulso; vi ha per voi un dovere, un' utilità, un bisogno nell' adoperarvi, affinchè scemi sempre più e sparisca anche del tutto l'intervallo che separa lo stato della nostra industria da quello dei popoli vicini, i quali già si avanzano a gran passi verso l' eccellenza e la perfezione nei prodotti manifatturieri e nella coltura dello spirito. Nel momento pertanto che debbo accommiatarmi da voi, ho reputato opportuno di trascegliere per argomento del mio discorso *le strade* o *i cammini a rotaje di ferro;* tema eminentemente industriale, e che, per la sua immensa influenza sullo stato sociale, occupa tutte le menti ; tema per intero di pertinenza delle scienze che hanno dato materia ai nostri scolastici trattenimenti, e *dipendente dalla dottrina dell' attrito, dalle leggi del moto e da quelle del vapore acqueo considerato come motore in rapporto anche alle forze animali, dalla teorica delle macchine e delle forze centrali, e dalle cognizioni della tenacità e dilatabilità dei metalli.*

Lo scopo dei cammini di ferro, detti dagli Inglesi che ne furono i primi inventori *railways*, è di diminuire la resistenza che provano i cocchj e i carri nell' essere mossi sopra una superficie ineguale e cedevole, trasportando per tal modo con la medesima forza una maggior quantità di persone e di cose, a minor prezzo e in un tempo molto più breve. Essi consistono in due guide paralelle formate da spranghe di ferro disposte l' una in seguito dell'altra, e che costituiscono le rotaje su cui scorrono le nominate macchine. Queste spranghe appoggiano e si congiungono a pezzi di ghisa denominati *cuscinetti*, ai quali servono di basamento dei dadi di pietra con cui sono uniti in modo stabile mediante chiodi e cunei di ferro e caviglie di legno. Per ovviare agli inconvenienti che presentavano le spranghe concave collocate a livello del piano della strada, si è con molto accorgimento data alle rotaje una forma sagliente sopra il piano medesimo, per cui difficilmente vi può rimanere alcun corpo straniero che opponga qualche ostacolo alla corsa. Le ruote sono munite, verso l' orlo esterno delle loro periferie, d' un' appendice sporgente, pel quale vengono ritenute sulle linee delle rotaje che percorrono senza mai abbandonarle.

Tale è in sunto la costruzione meccanica d' un cammino a rotaje ferrate. Nei carri d' ogni sorta e d' ogni forma, la resistenza che si oppone al loro movimento dipende 1.º dallo sfregamento delle sale contro i rispettivi mozzi, il quale rimane il medesimo sulle nuove come sulle comuni vie; 2.º dall' attrito volvente delle ruote sulla superficie della strada, e questo viene molto a diminuirsi sulle guide di ferro per la consistenza della materia e per l' eguaglianza delle rotaje. La resistenza totale sopra un cammino orizzontale a rotaje ferrate può essere valutata di 1/400 della pressione:

talchè un cavallo da tiro, la cui forza media si valuta almeno di 200 chilogrammi, potrebbe condurre sulle nuove strade sino a 80000 chilogrammi, ossia 8 carrettoni, a ciascuno dei quali sulle vie ordinarie si attaccano 4 in 5 cavalli, essendo di 10000 il massimo carico d'un carrettone. Si può quindi ritenere che un cavallo sulle strade ferrate orizzontali sarebbe capace di condurre un peso, che sulle vie ordinarie richiederebbe ben 30 di quegli animali.

Questo computo, appoggiato ai dati che ci somministra l'esperienza intorno alla resistenza d'attrito sulle vie comuni e su quelle a rotaje ferrate, vi mostra già un gran risparmio di forza animale. I cammini di ferro sino a questi ultimi anni furono costrutti appunto all'intento di guadagnare nella forza animale impiegata al trasporto delle cose e delle merci ; ma per le persone e pei viaggiatori una delle cagioni che può indurne un maggior numero ad intraprendere delle corse da un luogo ad un altro, è il risparmio di tempo. Infatti per gli uomini che attendono ai negozj o agli affari delle loro famiglie, che occupano un pubblico impiego o si dedicano allo studio o all'industria, che dirigono o sono addetti a qualche azienda commerciale, il tempo è prezioso. Aggiungete un gran numero di persone affezionate alle loro abitudini domestiche, alle costumanze del loro paese, che per parecchi giorni difficilmente si allontanerebbero dal loro consueto domicilio per godere una gita di passatempo e di sollievo, quand' anche si presentassero loro dei mezzi più economici. Gli uomini poi dediti agli affari, agli studj ed all' industria si possono considerare come un capitale d'un valore molto più grande delle cose dello stesso peso, e il tempo che spendono nei viaggi va perduto per essi e per la società. In generale non è lo stesso delle merci, le quali non solo hanno minor valore relativo, ma per la natura del loro uso rimangono più o meno lungo tempo in deposito dopo essere giunte al luogo destinato. Un altro passo quindi mancava a farsi nei mezzi di trasporto applicabile alle persone: si trattava di guadagnare nel tempo accrescendo la velocità. Un tale passo venne fatto da pochi anni applicando la forza meccanica del vapor acqueo ai cammini di ferro col mezzo della *macchina locomotiva*, per la quale si ottiene una velocità tripla, quadrupla e talvolta quintupla di quella che in un viaggio continuato per parecchie ore si può ottenere coi cavalli.

Consiste la *macchina locomotiva* in un carro a quattro e talvolta a sei ruote, che porta un focolare, un fumàjolo, una caldaja con uno o due cilindri a vapore, i cui stantuffi fanno movere delle leve e dei torni, mediante i quali il moto viene trasmesso alle ruote : immediatamente dietro di essa havvi attaccato il carro destinato al trasporto del combustibile occorrente ai bisogni del viaggio, poscia seguono i carrettoni, le *diligenze*, i cocchj, le carrozze che servono a condurre le persone e le merci. Affinchè le ruote col loro rivolgimento facciano avanzare la macchina, è mestieri che fra esse e le rotaje s'incontri tale resistenza d'attrito radente da non cedere alla forza del vapore che produce quel rivolgimento, altrimenti le ruote, in vece di scorrere lungo le guide come un cerchio che si sviluppa sopra un piano, gireranno attorno alle loro sale strisciando e radendo le rotaje nello stesso sito senza che tutto il sistema subisca moto veruno di translazione. S'intende quindi che il peso attaccato alla locomotiva ha un termine, al di là del quale verrebbe impedito il moto di translazione; per quanto potesse essere grande la forza del vapore, che si limiterà in tal caso a far rivolgere le ruote sui loro assi. Quando la locomotiva deve ascendere, in luogo di moversi sopra un piano orizzontale, allora è mestieri che vinca eziandio porzione del suo peso e dei carri che attrae dietro di sè. Si daranno quindi delle acclività lungo le quali la macchina non potrà salire col traino e nemmeno col solo proprio peso. Egli è appunto per ciò che, al principio dell' applicazione del vapore alle strade ferrate, si erano le ruote in un colle guide fornite di denti, i quali s'imboccavano vicendevolmente e presentavano per tal modo dei punti d'appoggio più stabili e resistenti all'azione della forza diretta a spingere in avanti la macchina locomotiva. Un tale ripiego fu abbandonato dappoi siccome soggetto a parecchi inconvenienti, trovandosi più utile al bisogno, e principalmente nelle salite, di aggiungere al treno una seconda macchina a vapore. Questa aggiunta in certi tempi riesce tanto più necessaria in quanto che la neve ed altre materie consimili, mentre rendono maggiore l'attrito volvente delle ruote dei carri e dei cocchj che percorrono le rotaje, diminuiscono quello radente che serve di punto d'appoggio alla locomotiva per progredire sul cammino mediante l'azione del vapore.

Dalla pressione dipende l'attrito radente che serve di punto d'appoggio alle ruote della macchina per ricevere un moto progressivo; e si è trovato equivalente in termine medio ad 1/20 del peso totale della macchina stessa. Questo peso limitato a 4500 chilogrammi o 4 tonnellate e mezza, è stato in seguito duplicato e quasi triplicato; poscia si è stabilito un peso minore, ed ora sembra che si vogliano adottare dei pesi più considerabili. Inoltre la forza delle locomotive, ch'era di 8 in 10 cavalli, è stata portata poscia a 12 e a 24, ed anche ad un numero maggiore. L'apparecchio calorifero e quello in cui si genera il vapore, non furono soggetti a minor numero di variazioni. Tanti cangiamenti non devono far maraviglia a chi conosce la storia dei progressi delle scienze fondate sull'osservazione e sull'esperienza, trattandosi di un motore di recente creazione, il quale subirà forse ancora altre modificazioni. Questi cenni bastano per darvi un'idea della costruzione dei cammini di ferro e del modo

16

con cui si è applicata ad essi la forza del vapore (1).

I maravigliosi effetti delle macchine a vapore furono lungamente rappresentati dall' ozio linguacciuto come un sogno di cervelli fantastici. L' utile applicazione di quegli ordigni e la loro diffusione si fecero con lentezza, perchè nelle cose nuove sorgono sempre difficoltà, ostacoli, interessi particolari da far tacere, da vincere, da superare. La Francia, il Belgio, la Germania ed anche la Russia compresero l'importanza delle nuove vie di comunicazione coll' ajuto del vapore, pei vantaggiosi effetti e per le relazioni favorevoli che

---

(1) Nella costruzione delle strade ferrate, da percorrersi col mezzo delle locomotive, bisogna aver riguardo alla curvatura delle svolte; giacchè in esse si sviluppa una forza centrifuga che segue la ragione diretta del quadrato della velocità e l'inversa del raggio osculatore, e che tende incessantemente a ritardare il movimento ed a rovesciare i carri e i cocchj. Alle svolte quindi delle strade ferrate si suole dare una curvatura che abbia per raggio alcune migliaja di metri.

Opino inoltre che le spranghe di ferro, di cui si compongono le rotaje, si dilatano come qualunque altro metallo in virtù del calorico. Nelle loro congiunzioni quindi si suole lasciare un piccolo intervallo, affinchè nella dilatazione prodotta nell' estate non ne risultino degli effetti perniciosi.

vi pervenivano dall' Inghilterra e dall' A-
merica.

L' Italia infine si risvegliò al rumore delle
locomotive, che giungono fin sotto ai ba-
luardi ad essa dati dalla natura; e fra noi
si va disponendo per presentarne il primo
esempio alla penisola (1). Abbiamo qualche
fondamento di vedere ben presto una locomotiva trasvolare sopra rotaje ferrate, e
presentare a questa popolazione nel potente automa, il cui ventre rumoreggia di
fluido ribollente e di crepitanti carboni,
una piena, esatta ed assoluta idea d' una
macchina a vapore. Sui navigli e nelle case
manifatturiere la macchina a vapore è un
ordigno inerte in sè stesso, ed il più delle
volte celato allo sguardo, che di sua esi-
stenza non dà altro indizio fuorchè col
fumo e col rumore. Ivi essa è stata rasso-
migliata ad un cavallo cieco o bendato,
che rimane solitario e nascosto, e si limita

***

(1) Le notizie che ci giungono per mezzo dei *Giornali* ri-
feriscono che della strada a rotaje, progettata da Napoli a
Castellamare, si è già da alcuni mesi incominciata la costruzione; talchè sarebbe il regno delle Due Sicilie che avrebbe
il primo dato l'esempio all'Italia di questi nuovi mezzi di
comunicazione.

soltanto a far girare alcuni congegni senza mai moversi dal suo posto. Sulle strade ferrate in vece la macchina è libera, respira, si muove essa stessa, guarda altiera il cielo, vola, si arresta. Fremente poscia d' impazienza, ripiglia il suo corso e raggiunge la meta coperta di polvere e di schiuma. Tosto arrivata al luogo destinato, ecco che alcuni nerboruti valletti si mettono attorno, le detergono il sudore di cui è coperta, la puliscono, la ungono e la dispongono a nuova corsa. Tale è lo spettacolo che offre una macchina a vapore sopra un cammino di ferro; spettacolo invero imponente che ravviva gli adjacenti luoghi e riempie di stupore chi la vede per la prima volta. La maravigliosa facilità nelle comunicazioni per questa invenzione somministra dei risultati che traggono del prodigio e direi quasi della follia, quando si pensa che si può andare da Boston a Washington in un giorno, percorrendo una distanza di 470 e più miglia. In sentire tali ardimenti l' animo nostro si solleva, e si prova una vera compiacenza d' essere uomini e del secolo decimonono.

Le persone che non hanno idea d' una velocità continuata superiore a quella che comunemente ricevono le carrozze tirate da cavalli, credono che la rapidità del moto d'una locomotiva possa loro impedire la respirazione, e che saranno inoltre assordate dal romore e soffocate dal fumo. Nulla di tutto questo : al principio il treno s'innoltra lentamente pel tempo necessario alla comunicazione del moto in tutte le parti del convoglio, il quale ben tosto concepisce la rapidissima velocità con cui dal vapore è spinta la macchina. Allora tutti gli oggetti circostanti scompajono in un baleno ; quelli in vicinanza della via che si percorre non si possono fissare distintamente, e gli altri più lontani cambiano di continuo la loro posizione apparente e ci presentano delle prospettive sempre variate. Il moto però è dolce, eguale e senza scosse; e per quanto la velocità sia grande, solo ce ne accorgiamo guardando qualche oggetto fisso : chè se si tengono gli occhi chiusi si potrebbe credere di essere tranquillamente seduti in una camera. Egli è appunto per una tale eguaglianza di moto senza urti e senza trabalzi, che alcuni passarono buona porzione del viaggio dormendo nelle *diligenze* sulle strade a rotaje. Lo strepito della macchina a vapore e il cigolìo dei moltiplici congegni che si urtano e si sfregano in tanti modi d ifferenti e sotto pressioni più o meno grandi, si perdono nella vastità dello spazio, ed il fumo in virtù della stessa velocità si dissipa al di sopra della testa dei viaggiatori.

Vi sono dei punti sulla strada ove risiedono dei custodi incaricati a tenere sgombro il cammino da ogni impedimento; massime in quei luoghi in cui è attraversata da strade comuni. Il custode con un segnale convenuto dà avviso se le rotaje sono libere; altrimenti il conduttore rallenta il movimento della locomotiva per attendere che sia tolto l'ingombro che ne avrebbe reso malagevole il passaggio.

Nulla dunque è a temere per la velocità, che d'altronde ciascuno di voi ha forse esperimentata, sebben per poco tempo. Un cavallo andando al galoppo abbiamo veduto che percorre circa 10 metri per secondo : e se fosse capace, come la locomotiva, di proseguire la sua corsa uniformemente con tale velocità, farebbe 600 metri per ogni minuto, o quasi un miglio geografico italiano in 3 minuti, e quindi 20 miglia all'ora. La velocità media sui cammini di ferro è di 16, 18 ed anche di 20 miglia geografiche all' ora; velocità, come vedete, non superiore a quella del cavallo che corre a gran carriera. Egli è bensì vero che per avere una tale velocità media in un viaggio continuato alcune ore, bisogna talvolta che il moto si faccia più rapido e che la velocità stessa cresca e si mantenga per alcuni minuti in ragione di 24 ed anche più miglia all' ora. E ciò in causa dei rallentamenti nelle discese e dei momenti di fermata indispensabili nelle lunghe corse. Le più grandi velocità che sieno osservate si contano sulla strada ferrata da Liverpool a Manchester. Su questa strada, discendendo pel piano inclinato di Rainhill, si è percorso una linea di 400 metri con una velocità di 20 metri per secondo, il che darebbe in un viaggio continuato quasi 40 miglia all' ora. Si racconta altresì che una macchina locomotiva senza alcun treno, ha percorso in 15 minuti la distanza di 24,000 metri; ciò che darebbe in un'ora quasi 52 miglia geografiche italiane. Tutta volta queste grandi velocità, ottenute in casi straordinarj e in particolari sperimenti, non hanno prodotto il più lieve incomodo, verun pernicioso effetto alle persone che stavano sedute sulla macchina, ed io ve le ho riferite all' intento di dimostrarvi che nulla si soffre per la velocità d' una carrozza che si mova sopra una superficie eguale, piana e levigata come le rotaje di ferro.

In quanto alle possibili sventure ed ai rischi cui si va incontro percorrendo i cammini di ferro col mezzo della macchina a vapore, essi si riducono ai tre seguenti : 1.º quando la macchina uscisse dalle guide e seco strascinasse l' intero convoglio ; 2.º quando si rompesse qualche ruota : 3.º quando finalmente scoppiasse la caldaja in cui viene generato il vapore. Nel primo caso , che è il più probabile, bastano alcuni secondi per arrestare la macchina e con essa il traino, onde rimettere il tutto sulle rotaje e continuare tosto il viaggio. Nel secondo, che accade difficilmente, il rimedio è il medesimo, arrestando cioè la locomotiva per sostituirvi una nuova ruota. Il pericolo poi dello scoppio della caldaja era da temersi nell' infanzia delle macchine a vapore: ma ora che la sperienza di ben cinquant' anni ci ha istrutti che la scienza ha saputo rinvenire le cause di quegli accidenti ed ha immaginato i mezzi per prevenirne gli effetti, vi ha da questo lato ben poco a temere, quando sieno posti in pratica tali mezzi e tutte le cautele suggerite dalla scienza medesima. Vedete dunque che le sventure probabili a temersi sono forse minori coi nuovi che cogli ordinarj mezzi di comunicazione. Viaggiando colla locomotiva non si corre pericolo che i cavalli, non obbedendo più ad alcun freno, sfuggano spaventati strascinando per precipizj il cocchio e le persone colla ∙ rovina di tutto; del che non è tanto raro il caso. Sulle strade ferrate non vi ha inoltre pericolo che s' infranga il timone, che le *diligenze* si rovescino in causa delle *imperiali* troppo cariche, o che un cocchiere assonnato o ubbriaco vi precipiti in un fosso o in un lago, o mandi in pezzi il calesse contro un paracarro.

Supponiamo però, se si vuole, che sulle strade ferrate percorse colle locomotive si presenti all' uomo qualche pericolo di più che sulle vie comuni mediante i cavalli: quanti vantaggi d' altra parte non offrono esse in contraccambio ! Quanti non diffondono bene ! Ognuno conosce quale immensa influenza abbia esercitato la stampa sulla società e sugli imperj del mondo, come mezzo potente per diffondere i prodotti del pensiere e i frutti del sapere: e la locomotiva percorrente i cammini di ferro non è per avere una minore influenza sul progresso dell' incivilimento dei popoli, come altro potente mezzo a diffondere i frutti materiali del suolo e i prodotti manifatturieri dell' industria. Talchè si può dire che la *stampa* costituisce le vie per la facile comunicazione e per la maggiore diffusione delle *opere intellettuali*, delle idee cioè e dei pensieri; e la *locomotiva* sulle rotaje ferrate forma in vece le vie per la facile comunicazione e per la maggiore diffusione delle *cose materiali*, delle merci cioè e delle persone. Le strade a rotaje in fatti accrescono i rapporti degli uomini, delle città, delle province; semplificano l'amministrazione degli Stati; riavvicinano i popoli, cangiando le distanze dei regni e degli imperi. Veicolo sorprendente delle comunicazioni commerciali, agenti attivi e potenti dell'incivilimento e delle ricchezze, i cammini di ferro occupano il rango più elevato fra gli strumenti materiali del progresso delle società moderne.

Era qui mio intendimento di enumerarvi circostanziatamente i vantaggi che per quelle nuove strade ridonderanno al commercio, all' agricoltura , all' industria e a tutte le classi più attive della società ; qui era mio pensiero di particolarizzarvi il benefico influsso che le medesime estenderanno col tempo sulle relazioni , sui costumi e sulla prosperità dei popoli che le avranno adottate : ma essendomi già anche di troppo diffuso nella parte che riguarda le scienze da me professate , spettando d' altronde l' altra parte all' economia pubblica , io mi limiterò ad indicarvi due risultati probabili cui può condurre cogli anni una sì bella istituzione.

Primieramente osserveremo che , grazie al vapore ed ai cammini di ferro , il più umile cittadino potrà intraprendere delle gite e delle corse , e viaggiare con celerità con cui per l'addietro non lo poteva il più opulente signore. Ora i viaggi riuscendo utili in parecchie malattie , diventeranno con ciò un rimedio più generale , come applicabile alle molte persone che scarseggiano di mezzi o manca loro il tempo. *Non solo sul traffico*, dice Hufeland, *sul commercio, sulla politica, sulle scienze, e in generale sulla vita sociale; ma in particolar modo sulla medicina ha una grande influenza l' invenzione delle strade ferrate. E* un distinto medico della Monarchia ha scritto una dottissima Memoria, nella quale tratta dell' utilità che i cammini ferrati possono recare alla medicina. L' altro utile probabile risultato che si può attendere, riguarda interamente la morale pubblica, ed è l' estirpazione del tristo mestiere di assassino di strada. Quale sarà mai colui, per quanto sia dotato di coraggio e di forza, che oserà presentarsi alla furia d'una macchina che conduce con sè un immenso traino scortato da parecchie centinaja di persone? Povera gente! Il buon tempo sarà passato per quei tapini; nè altro partito loro rimarrà che di darsi ad una vita onorata o morire di fame.

E come in quest' aula si può tener ragionamento di macchine e di costruzioni dipendenti dalla meccanica scienza, e non tributare un omaggio di commemorazione all' anima del vostro condiscepolo (1), il quale nella trascorsa state morendo ha lasciato a questa scuola un premio annuale di trecento lire austriache pel giovine che si sarà più distinto in quell'utile disciplina!

---

(1) Roberto Rougier di Milano.

Con tale disposizione egli ha mostrato quanto amore portava alla patria, desiderando di vederla progredire in quelle scienze e in quelle arti che sono il precipuo fondamento della ricchezza, della potenza e della gloria delle più grandi nazioni. Merita quindi, da chi è dotato di sentimento e di cuore, una preghiera perchè l'anima sua riposi in pace. Questo impulso del mio animo, questo risultato dell' impressione che mi domina, non devono essere meno compresi da voi.

Nel momento in cui debbo dividermi da tanta gioventù dopo un anno d'amichevole convivenza, io sento in me stesso una piena d' affetti che m'inonda il cuore e mi strascina a far voti sinceri per la vostra futura felicità nella parte che dovete prendere entrando in quella qualsiasi classe dello stato sociale che la Provvidenza vi avrà assegnato. Pensieri nobili, grandi, generosi fecondino il vostro spirito. E che la sciooperatezza e l' ozio non gettino mai il gelo su quella fiamma dell' amor patrio sì ardente e sì puro nella sua incandescenza che Iddio stesso senza dubbio accese nei nostri cuori per incoraggiarci e guidarci a delle virtù, le quali devono onorare il nativo paese e servire di lezione e d'esempio ai nostri posteri. Esaltate il vostro cuore nella sua giovinezza; apritelo alla gioja e inebbriatelo della sua voluttà! Lasciatevi accarezzare dall' onesto piacere; mentre passa veloce sfiorando colle ali le teste occupate ad onorare la patria; ma non stringetevi ad esso, non abbracciatelo, non voletelo vostro ospite per molto tempo; perchè la morte sta sopra tutte le cose.

Bella è la tua terra, o Italia; puro il tuo cielo, o felice contrada; d' ogni bellezza adorno è il suolo; tutto bello quanto il paradiso terrestre ne' primi giorni della creazione. A questa pittura della nostra patria che ci fanno i poeti, io aggiungo volentieri: se i molti giovani tuoi figli ameranno d' istituire una gara di grandezza e di gloria; ameranno di dedicarsi alle lodevoli imprese e di mantenere intatto il sacro deposito del sapere che i nostri maggiori ci hanno tramandato, diverrai anche stimata nelle scienze e nell' industria!

Per un sentimento di delicatezza e di buon senso, in vece di mandare delle voci discordanti in segno di plauso, i giovani che veramente sentono le grandi verità, quantunque dette con ineleganti parole dall' ultimo dei vostri precettori, le maturano nella loro mente e ne partono compresi. In quanto a me io innalzerò voti all' Altissimo per voi affinchè tenga sempre inclinati i vostri cuori alla virtù, alla saggezza, alla giustizia; e da questo momento domando al Padre delle misericordie che versi su tutti voi la salutevole benedizione, e che vi ricolmi di felicità così in questa come nell' altra vita.